龍戰族
英勇學院

海上惡鬥鯊魚王

小勇

- 全名「比域‧巴沙爾」，Brevis Bashar，因為名稱讀起來與勇氣英文相似，通稱小勇。
- 瑪宗格龍，Majungasaurus
- 出生地：蘇丹
- 不服輸，勇往直前，不留力，直腸直肚。
- 因為父親不在而被同學欺凌
- 本故事的主角

奧薩瑪

- 非洲大獵區現任大領主
- 鯊齒龍，Carcharodontosaurus
- 出生地：開羅
- 把伊巴謙的「奧西利斯」紋章撕成十五塊，撒到河裡，再把伊巴謙意圖殺害，乘機奪權。
- 使用的紋章是金紋章風暴之神「賽特」，還有大領主專用白金紋章太陽神「拉」。
- 喜怒無常，妒忌心重，本來很忠心，但因為愛上伊巴謙的未婚妻才憤而奪權。

蘇姍婆婆

- 斑龍，Megalosaurus
- 出生地：德爾菲
- 居住在德爾菲，用紋章的力量給予神諭。
- 說話慢條斯理，卻好像知曉世間上的一切。
- 只給神諭，不會解釋，也不會幫助尋求神諭的恐龍。

小英

- 全名「英瑪德‧格烈」，Imad. Gree，通稱小英。
- 奔龍，Deltadromeus
- 出生地：阿斯旺
- 不服輸，認真，少説話多做事，讓人感覺滿懷心事。
- 自小被捧為明日之星，但因為小勇的出現而陷入自我認同危機。

菲臘

- Phillip Bashar，全名「菲臘‧巴沙爾」，通稱菲臘。
- 出生地：蘇丹
- 瑪宗格龍，Majungasaurus
- 為了尋找讓所有人都幸福的紋章——克蘇魯，踏上旅途，下落不明。
- 離開之前是大獵區最強的紋章戰士，曾經救過伊巴謙一命。
- 小勇的父親

嘉威

- 鯊魚王
- 巨牙鯊，Megalodon
- 全長二十米
- 出生地（海？）：地中海
- 管理地中海，經營一個龐大的海路交通運輸集團。
- 不受任何領主或獵區統治
- 任何人經過他的海域都要獻上貢品，也接受委託做各式各樣的事。
- 尊重合約精神，做不到的絕不承諾，相反地，也絕不原諒毀約行為。

- · 克里特島的領主
- · 厚甲龍，Struthiosaurus
- · 雜食恐龍
- · 出生地：克里特島
- · 投機分子，出生於貧民區，藉依附權貴，出賣朋友等陰險小動作，在克里特島擁有了勢力。
- · 雖然陰險，但不會做傷天害理的事。利己主義者，底線是不會摧毀自己所屬的地方，只會謀財，不會害命。

- · 百樂絲的父親
- · 歐洲的大領主
- · 斑龍，Megalosaurus
- · 出生地：奧林匹斯山
- · 很有威嚴，說一不二，很愛自己的兒女。
- · 不愛工作，總是在大獵區範圍內不斷旅行。

- · 雅典領主
- · 百歲麟的女兒
- · 斑龍，Megalosaurus
- · 出生地：奧林匹斯山
- · 在父親外遊時，肩負管理整個歐洲大獵區的責任。
- · 明白事理，冷靜，比起用紋章戰鬥去解決問題，她傾向用智力處理。

- · 底比斯的領主
- · 昆卡獵龍，Concavenator
- · 出生地：底比斯
- · 暴燥、輕率，行動先於大腦。
- · 沒有甚麼領導才能，甚麼事都想靠神諭解決。

- · 科林斯的少主
- · 昆卡獵龍，Concavenator
- · 出生地：底比斯
- · 脾氣不好，但不是完全不可控制；有時甚至會利用自己「發脾氣」這件事來取得優勢。
- · 領導能力很好，很受其他恐龍愛戴。

- · 獅身恐龍臉的怪獸
- · 神秘，來歷不明。
- · 喜歡叫其他恐龍猜謎語，如果猜錯就把他們打飛。

目　錄　c o n t e n t s

第一話

阿歷山大港和地中海

這個世界由九個大獵區組成，每個大獵區都由一個**大領主**統治，大獵區下面分為很多個小獵區，平常的居民不可以隨便越界去其他小獵區，以確保獵物的穩定。

小勇出生於非洲大獵區中的蘇丹，是一隻少年瑪宗格龍，為了尋找自己的父親——**王者紋章戰士**菲臘，沿著尼羅河向北進發，無視不可越區的禁令，打算橫渡位於非洲北面的地中海，進入歐洲大獵區。

跟在小勇後面的是出生於另一個小獵區阿斯旺的少年小英，他是一隻奔龍，目標是成為最強的紋章恐龍戰士，但之前卻敗給了小勇一次。為了挑戰小勇，他和小勇一起踏上旅途，決心直至讓小勇敗得**心服口服**為止。

兩隻恐龍離開非洲大獵區的首都開羅，走進了因為肥沃的土地而聞名的**尼羅河三角洲**；尼羅河在開羅的北部開始散開，形成不同的支流，支流則各自沿不同的方向流入地中海。

　　非洲大獵區的新任大領主伊巴謙在小勇和小英離開開羅前，叫他們沿著最西邊的支流走，就可以走到非洲大獵區最大的海港——阿歷山大港。

小勇

伊巴謙

阿歷山大港

「非洲大獵區和歐洲大獵區的交易都會在阿歷山大港進行，所以你們到了那邊應該可以找到去歐洲的方法。」伊巴謙當時說。

「**交易？**不是有禁令居民不可以隨便越界嗎？」小勇問。

「做交易的通常都是生活在海裡的恐龍、或者鯊魚，他們把歐洲的貨品運來非洲，而我們也把非洲這邊過多的東西給他們帶去歐洲，作為交換。」伊巴謙解釋說。

「所以我們只要找這些生活在海裡的恐龍，又或者**鯊魚**，他們就可能會帶我們去歐洲吧。」小勇說。

「這個我就不知道了，他們好像有他們自己一套的規矩。你們先到阿歷山大港打聽一下吧。」伊巴謙說完就命人給了小勇和小英兩隻恐龍一點乾糧，讓他們在旅程中可以享用。

兩隻恐龍休息過後就出發了，途中小勇雖然不斷向小英答話，但小英就是不理會他；慢慢的，小勇也覺得自己像個 自言自語 的笨蛋，所以兩隻恐龍都一言不發地前進著。

　　走了大約五天左右，他們終於來到阿歷山大港，一個相當繁盛的都市。踏入城市範圍後，首先映入小勇和小英眼簾的是建在港外小島上的大燈塔，在這個城市裡任何一個角落都可以看到這個大約 120 米高的大燈塔。

阿匹斯神廟

雖然比起在開羅的金字塔要矮小一點，但小勇和小英看見這宏偉的建築還是不禁嘖嘖稱奇。

經過阿匹斯神廟和全非洲獵區最大的圖書館後，他們來到了碼頭的區域，這裡有市場、倉庫，還有一些小勇和小英從來都沒見過的建築。

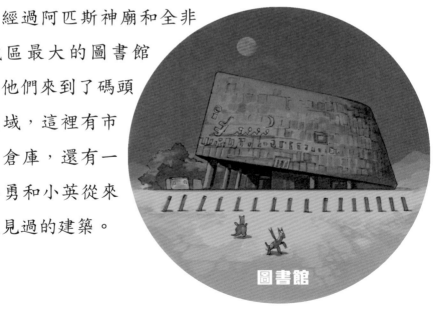

圖書館

就如伊巴謙所說一樣，這裡的 大街小巷 中聚集了不同的兩棲或者是水棲的恐龍，碼頭附近有一大堆魚龍、蛇頸龍、皮氏吐龍把頭伸出水面上大聲叫賣，賣的東西有歐洲製的皮革，也有不同風味的醃肉；而街道上則有幾條地蜥鱷和幻龍背著籃子收買各種出產自非洲的植物和香料。

再往西走，是一個小勇和小英從來都沒有見過的建築，中間是一個圓形的舞台，以這個圓形為中心，向外是一排排愈來愈高的觀眾席，舞台中間有三隻恐龍，好像在做甚麼表演似的。

「*少年，想看戲劇的話，要買票啊！*」一隻稜角鱗鱷走過來小勇和小英的旁邊叫賣。

「戲劇？」小勇不解問道。

「這裡是**大劇院**，中間舞台正在演出《奧薩瑪與奧黛》，非常好看的，只要兩塊醃肉就可以換一張票了。」稜角鱗鱷說。

「即是他們會扮演奧薩瑪嗎？」小勇指著舞台中的恐龍說；奧薩瑪是現任領主伊巴謙的弟弟，因為戀上了伊巴謙的未婚妻**發起叛變**，害伊巴謙流浪了近十年，之後在小勇和其他恐龍的協助下，伊巴謙才奪回了領主之位。

「對啊，那隻高大的鯊齒龍就是演奧薩瑪的演員了，給我兩塊醃肉，我就給你最好的位置，怎樣？」稜角鱗鱷說。

「那旁邊就是伊巴謙和奧黛了？」小勇再問；奧黛是伊巴謙之前的未婚妻，現在是奧薩瑪的妻子，伊巴謙雖然奪回了**領主之位**，但卻中了奧薩瑪的計，奪不回自己的未婚妻。

「當然嘍！少年，你們兩隻恐龍我算你三塊醃肉好了！買票吧！」稜角鱗鱷再說。

「對不起，不用了，我們有**更重要**的事要做。」小英突然開口，然後把小勇拉走，離開了劇場。

「說不定那隻鱷魚知道要怎樣去歐洲呢？我們要不要問問他？」小勇對小英說。

　　「別胡鬧了，我們找隻像樣點的恐龍問問吧！」小英一邊說，一邊拉著小勇回到市場和碼頭附近。

　　突然，微風吹過，一陣惡臭味撲鼻而來，小勇和小英順著風向看過去，見到一隻健碩的鯊齒龍坐在市場的一個角落正在吃著醃魚，那隻恐龍不是別的龍，正正是奧薩瑪。

奧薩瑪

「奧薩瑪？你在這裡幹甚麼？」小勇走上前向奧薩瑪搭話。

「是小英，還有……還有……你是菲臘的兒子……」奧薩瑪認出了之前的手下小英，卻沒有記住小勇的名字。

「你好，大領……不，奧薩瑪先生。」小英面對著奧薩瑪，顯得有點**不自在**。

「你們找我有事嗎？」奧薩瑪一邊說，一邊把醃魚放進口中，原來那陣撲鼻的惡臭正是來自那些醃魚。

「我叫小勇，我想到歐洲去尋找我的爸爸。」小勇忍耐著惡臭回答。

「我知道要怎樣才能去到歐洲，但是，我為甚麼要幫助你們呢？」奧薩瑪說。

「求你幫幫我吧，只要告訴我渡過這海的方法就好了。」小勇向奧薩瑪**鞠躬**，請求他的幫助，但小勇還是沒法習慣那股惡臭，一直皺著眉

頭在忍耐。

「哈哈，少年，你聞不慣這種味道嗎？這是歐洲北面出產的鹽醃鯡魚，這種特有的味道正是它吸引之處啊！這樣吧，如果你肯吃下這一塊鹽醃鯡魚，我就告訴你前往歐洲的方法。」奧薩瑪一邊笑，一邊拿著鹽醃鯡魚在小勇面前晃了一晃。

面對著那塊發出**惡臭**的鹽醃鯡魚，小勇的眉頭皺得更緊了，但為了尋找自己的父親，吃一塊臭魚又算得上甚麼呢？於是小勇閉上眼睛，張口打算咬向那塊鹽醃鯡魚。

但在這之前，小英已經搶先一步把那塊鹽醃鯡魚吃掉了，小勇只咬到一堆空氣。

「*婆婆媽媽*的！只是一塊臭魚罷了，又有甚麼好怕的？」小英把整塊鹽醃鯡魚吃掉。

「好！看在小英那股氣勢上，我簡單說一下歐洲的情況吧。」奧薩瑪被這對少年逗樂了，決定要幫助他們。

「感謝你。」小勇再一次向奧薩瑪鞠躬。

「歐洲大獵區的大領主名叫百歲麟，但是他**不愛工作**，喜歡**遊山玩水**，總是在不同的地方旅行；實際上歐洲是由雅典的領主，百歲麟的女兒百樂絲所統治，你要找你父親的話，先找到百樂絲，得到她的許可才可以成事。」奧薩瑪說。

「那我們要怎樣才可以去到雅典？」小勇問。

「哥哥已經把原始水之神努恩的紋章傳給你們了吧？」奧薩瑪說。

小勇和小英都是紋章恐龍戰士，可以通過紋章而獲得神的力量，而原始水之神努恩的紋章的能力是「水上行走」。

但紋章也是有限制的，如果一次裝備多於一個紋章，神明會發怒，恐龍會因此受重傷，甚至死亡。

「對，但面對著那片茫茫大海，我們不敢就這樣往北走去，糧食和方向也不知道對不對。」小勇說。

「不敢的只有你啦！膽小鬼。」小英插嘴。

「『不敢』是正常的，代表這個少年行動前有思考過後果；小英，你要記住，『害怕』是一種會救你一命的情緒，也是讓你冷靜下來的一道良藥。」奧薩瑪語重心長地說。

「嗯。」小英答，也不知道他是不是有聽進去。

「在阿歷山大港出發，向西北的海面連續跑十天，才可以到達位於歐洲南部的克里特島；然後在克里特島的北面向北再跑大約五天，就會到雅典了。即是說，到達克里特島之前，都沒有其他陸地，你們有足夠體力**不眠不休**地連跑十天嗎？」奧薩瑪問。

「我想應該勉強可以。」小勇答。

「還有，這片海域叫做地中海，是**鯊魚王**嘉威的地盤，要通過的話，就一定要準備貢品給他，而且也不可以停留，不可以解除水上行走的紋章，否則鯊魚王會覺得自己的利益受到侵犯。」奧薩瑪繼續指示。

「為甚麼不可以停留呢？」小勇問。

鯊魚王嘉威

「因為這片海是他管理的，他不容許有恐龍在這裡狩獵、營商或者做其他事，只可以通過。算是他為這片海域訂立的**法律**吧。」

「即是說，我們有四點要遵守：

一、要有體力連續跑步十天；

二、不要停留；

三、不要解除海上行走紋章；

四、帶備給鯊魚王的貢品。這樣對嗎？」

小勇歸納了一下。

「少年，你和小英會是一對好拍檔呢，你果斷而且謹慎，小英則是強悍而且勇敢，在旅途上一定可以互補不足。」

「你怎麼會知道這麼多的？」小英不解問道。

「很簡單，因為我的妻子奧黛現在住在克里特島啊，我可是經常來回歐洲和非洲兩個大獵區的。你們要明天出發嗎？我也正好要回去克里特島，一起走好嗎？我也可以事先通知鯊魚王。」奧薩瑪建議。

「感謝你，能有個照應實在太好了。」小勇和小英遇上貴人了。

「貢品方面，你們在市集買一些香料或者醃肉吧，那個在歐洲很受歡迎的。」

「**知道**。」小勇和小英同聲回答。

「對了，菲臘的兒子，可以再說一次你叫甚麼名字嗎？這次我會好好記住的。」奧薩瑪問。

「你叫我小勇就好了。」小勇大聲地回答。

第二話
鯊魚王嘉威和克里特島領主

　　第二天早上，奧薩瑪在海邊等著小勇和小英，奧薩瑪拿出了一個**指南針**，找到了西北的方向，三隻恐龍都裝備好原始水之神努恩的紋章，準備好向歐洲出發。

　　「準備好了嗎？一旦出發，就不能停下，要**連跑十天**，直到見到陸地為止。」奧薩瑪重新提醒小勇和小英。

　　「知道了，不能休息，也不可以解除水上行走紋章，到達了目的地後就要交出貢品，對嗎？」小勇確認。

　　「對！準備好就出發吧！」奧薩瑪說完，先一步踏到了海平面上，原始水之神努恩紋章的能力發動，奧薩瑪就這樣在海面上跑了起來。

小勇和小英二人連忙跟上，兩隻年輕的恐龍一直對自己的速度很有**自信**，但還是用盡了全力才跟上了奧薩瑪，由於已經裝備了原始水之神努恩的紋章，三隻恐龍都是以自身的體能全力地奔跑，沒法借助紋章之力來加速。

水之神銀紋章

就這樣連續跑了五天，本來小勇和小英都認為海面是平坦的，跑起來應該相當輕鬆，但實際上海面會因為潮汐的關係形成坡度，有時是上坡，有時是下坡，一旦上坡就會連續十二小時以上，無間斷的向上爬，腿部肌肉的負擔比想像中大很多。

　　小英平時是以速攻和狠勁見稱，但到了這種需要耐力的場合，讓他的缺點表露無遺。到了第六天，小英的速度明顯放慢，而且雙腿痠軟得不得了。到了第七天，小英終於到了極限，雙膝一軟，坐在了海面上。

　　「你怎麼了？因為太久沒吃東西嗎？」小勇見到小英坐了在地上，所以停下來問他。

　　「你快點走吧，我待會就可以跟上你了，鯊魚王是不許有人停留在海中心的。」

　　「別逞強了，你都已經走不動了，我們先休息一會吧。」

「不要啦，留下太危險了，你先到克里特島等我。」小英不斷地催促小勇快點追上奧薩瑪，但就在他們談這幾句話的期間，奧薩瑪已經消失在水平線的另一端了。

「我說過『**我們就一起出發去冒險吧！**』，我又怎能拋低你呢？」小勇一邊說，一邊拿出本來打算作為貢品的醃肉，撕成兩片，遞了一片給小英。

「我不能吃，因為體力不夠而停下來休息算是**逼不得已**，如果我吃了這片肉的話，就是偷吃貢品了，一定會惹怒鯊魚王的。」小英還沒說完，小勇卻已把其中一片放進口裡。

「反正現在我已經吃了，你也吃一片吧，恢復體力，然後再跑到克里特島。」小勇不讓小英考慮。

小英想了想，認為自己著實需要吃東西來補充體力，於是就吃下了餘下的一片醃肉。

突然，不遠處的海面翻起了巨浪，巨浪直向小勇和小英兩隻恐龍撲來，他們從沒見過這樣洶湧的浪，狠狠地跌倒在海面上。

在幾個巨浪中間，隱約可以見到一塊灰色的背鰭，這塊背鰭的主人是一條全長**二十米**的巨牙鯊，巨牙鯊急速地在圍著小勇和小英打轉，跌在海面上的兩隻恐龍完全處於被動狀態。

「**你們是誰，為甚麼在這裡停下來？**」那條巨牙鯊停下來，把頭伸出水面，對著小勇和小英說。

「你是誰？憑甚麼不讓我們停下來？」小勇這算是**明知故問**，想要爭取一點思考的時間，畢竟，在這片茫茫的大海中心，單單要站著，就已經用了一個紋章的力量了，這世界上沒有任何恐龍可以裝備第二個紋章，面對本來就生活在水裡的巨牙鯊，單靠自己的體力根本不可行。

我是管理這片海域的鯊魚王，叫做嘉威…

鯊魚王嘉威

「除了我的手下和水中居民之外，其他恐龍都不可以停留在這片海域上。」嘉威充滿威嚴的說。

「對不起，是我**體力不繼**，所以才停了下來，他只是陪我的，等我恢復體力後，我們就會繼續向克里特島進發了。」小英知道是他們自己沒有遵守渡海的守則，因此立刻道歉。

「那你們的**貢品**呢？先交出來吧！這片海域可是要收過路費的。」鯊魚王嘉威說。

「……」小英一時語塞，他們剛剛把準備好的貢品吃掉了，現在也沒法交出任何東西。

「沒有嗎？那我只好把你們捉住，用來好好警告其他不肯獻上貢品的恐龍了。」鯊魚王嘉威用非常堅定的語氣說。

「*小勇！快逃！*」小英用盡最後一分力，把小勇向著北方撞去，小勇被撞飛幾米，然後爬起身來。

鯊魚王嘉威立刻裝備了海洋之神波塞頓的紋章，得到了控制海水的能力，海水形成了一個大型的籠牢，自**四方八面**圍住了小英，小英深深吸了一口氣，把水上行走的紋章換做了他最喜歡、也是熟練度等級最高的泛濫之神庫奴杜連擊紋章，嘗試衝過水牢對鯊魚王嘉威作出攻擊。

但這都是**徒勞無功**的，波塞頓紋章是一個「金」紋章，威力非同小可，建造出來的海水籠牢比**花崗岩**更加堅固，小英沒法突破；而且因為解除了原始水之神努恩的紋章，小英在攻擊過後，立即就掉進了水裡。

小勇知道以現在的他，沒可能戰勝鯊魚王嘉威，於是他立刻全速向著北面逃走。

「小英，我一定會回來救你的，你要等我！」小勇一邊逃走，一邊在心裡默唸。

小勇一直向著北邊沒命奔逃，一直跑了三天，他感到鯊魚王一直在他後面追趕，所以他沒有停下來，只有繼續往前逃跑，直到他面前出現了一大片陸地，小勇知道這就是克里特島了。小勇於是憋著**最後一口氣**，向著這片陸地跑去。

克里特島的南端大部分都是高聳的懸崖，而中部則是一個高山，這個山比小勇在尼羅河流域見過的所有山加起來都要高，由於高山擋著視線，

小勇無法知道克里特島的北面是怎樣的光景。

在懸崖的邊緣有一個沙灘，小勇覺得可以在那邊著陸，所以加速跑過去。小勇一步一步地接近那個沙灘，發現上面有幾十隻恐龍正一起看著海面，好像在期待甚麼似的，而站在正中心的，是一隻身型相當魁梧的厚甲龍。

「大家快看！神蹟出現了，我召喚來一隻可以在海上行走的恐龍！」那隻厚甲龍在小勇登陸之後，對後面其他的恐龍說。

在後面圍觀的恐龍們嘖嘖稱奇，一邊交頭接耳，一邊向著小勇上下打量。

「我是受到神眷顧的恐龍，是克里特島現在的領主，我相信沒有恐龍會反對吧？」厚甲龍繼續說，並走到了小勇的旁邊。

小勇已經連續跑了十天，體力都完全用盡了，暈倒在沙灘上。

這隻厚甲龍名叫米諾，是一個**投機分子**，他出生在克里特島的貧民區，但憑藉依附權貴，出賣朋友等等陰險的小動作，在克里特島擁有了自己的勢力。

克里特島的前領主剛剛病逝了，米諾把握住這個機會，和鯊魚王嘉威**達成交易**，嘉威幫米諾完成神蹟，令其他恐龍捧他為領主，而米諾則會把克里特島的五分之一收成獻給鯊魚王。

鯊魚王本來還在苦惱要怎樣才可以幫米諾完成神蹟，想不到在這個時候，小勇和小英就送上門來，於是鯊魚王就把小勇順道趕過去，完成了米諾的委託。

到小勇醒來的時候，已經過了一天了，厚甲龍米諾把小勇搬到了宮殿的客房中，客房內的床又大又軟，床邊放著不同種類的肉食和飲品，完全是以**上賓**的規格招待小勇。

小勇從床上爬起來，離開了客房，在這個宮殿中信步走著，克里特島的建築風格明顯和非洲的**相當不同**，整個宮殿由灰土、木頭、石材建成，有好幾層樓高。王室住宅圍繞著中央庭園排列，小勇從樓上的客房轉到庭園中。

　　建築物上都塗了亮麗的色彩，紅色、橙色、黃色，讓人看起來**精神一振**，而且牆上也有很多裝飾壁畫，這些壁畫的主題大多是來自大自然，例如海浪、海草、章魚、海豚等等，充滿著律動和歡愉的氣氛。

　　「嗯？你醒了？多得你，我現在才成為了克里特島的領主。」米諾正在庭園裡散步，看見了小勇，因此和他打招呼。

　　「我叫小勇，你是誰？這裡是哪裡？我為甚麼會到了這裡？」小勇知道他是在沙灘上那隻厚甲龍，但不知道他的名字。

「我叫米諾，這裡是克里特島的首府克諾索斯，**神回應了我的祈禱**，讓你在海面上出現的。」米諾說。

「我不明白你在說甚麼，是甚麼儀式嗎？」小勇問。

「不要緊，總之你就是我的貴賓，你有甚麼想要的？食物？美女？我都可以為你準備。」米諾一邊雙手互握，一邊用誠懇的聲音說。

「我的朋友在地中海被鯊魚王捉走了，你可以幫忙救他嗎？」

「你們怎麼會得罪了鯊魚王？他可是這附近**最不能得罪**的人啦！」米諾明知故問，明明把小勇趕到克里特島某個海灘這件事，是米諾安排鯊魚王做的。

「你覺得可以怎辦？道歉可以嗎？或者我是不是可以約鯊魚王決鬥，用**紋章戰鬥**解決？」小勇問。

「你自己明明就知道那都是不可行的，特別是戰鬥，不懂得游泳的恐龍怎麼可能擊敗鯊魚王呢？或者你先學會游泳？」米諾顧左右而言他。

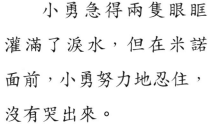

那我可以怎辦？我不可以丟下小英不理的。

小勇急得兩隻眼眶灌滿了淚水，但在米諾面前，小勇努力地忍住，沒有哭出來。

「你要不要去雅典找領主百樂絲？她可能有辦法和鯊魚王談談。」

「嗯⋯⋯我本來就是要去雅典的，但現在我不知道我可不可以出海。」

「為甚麼不可以出海？」

「因為這附近的海域都是鯊魚王的吧？」小勇雙手掩頭。

「不用怕，只有克里特島南邊的地中海才是鯊魚王的海域啦，北面一直到達雅典這邊叫愛琴海，是由雅典獵區管理的，鯊魚王不會越界，也不會隨便發動戰爭。」米諾拍了拍小勇的膊頭答。

「多謝你，那我現在就出發了。」小勇對米諾揮手道別。

「我派兩個戰士護送你吧，也給你一點乾糧。」

「戰士不用了，他們會拖慢我的；乾糧我就不客氣了，感謝你。」小勇最後說。

　　小勇拿著米諾贈送的乾糧，從克諾索斯向北出發。愛琴海的風平浪靜，風景優美，小勇全速前進，途中不斷遇到隸屬於雅典的水棲恐龍，他們都很友善，不但為小勇指路，甚至有時會送一點食物給他。

五天後，小勇終於來到了雅典港，港口外的小島有一座城堡，城堡上有一座小型燈塔。旁邊的是碼頭、倉庫和上落貨的地方。雅典的建築**非常優雅**，白色的柱子和屋頂，全都由大型的花崗岩製成。

小勇在其中一個碼頭登岸，在碼頭上等著小勇的，是一隻斑龍和八隻跟隨她的侍衛。

你好，小勇，我是百樂絲，雅典的領主。米諾派出翼龍通知我你會來，我看看可以怎樣幫助你。

百樂絲

雅典港

「我的朋友在地中海被鯊魚王捉走了……」小勇回應。

「我大概知道事情的經過，但是要和鯊魚王**全面開戰**基本上是不可能的，他是一隻講道理的恐龍，你去找他交涉的話，或許有轉機吧？」百樂絲明顯在小勇到達前，已經思考過各種各樣的可能性。

「他會原諒我們嗎？」

「大概不會**無條件**地原諒吧，以我認識的鯊魚王嘉威，你大約要提出一點甚麼來跟他交換。」

「我……我甚麼都沒有……」小勇失望地坐了下來。

「小勇，你知道我們歐洲的恐龍如果遇上沒法解決的問題時，會怎樣做嗎？」百樂絲問道。

「**不知道**。」小勇搖了搖頭。

「我們會去德爾菲尋求神諭，光明之神阿波羅的紋章有著特別的**神諭能力**，可以讓裝備那個紋章的恐龍替其他恐龍指點迷津。」百樂絲微笑著說。

「**指點迷津？**」小勇不解。

「神會給你提示，讓你可以解決問題。」

「我不明白，既然紋章有這麼強的力量，為甚麼不直接幫忙呢？」小勇問。

光明之神
阿波羅金紋章

「我也不太明白，但是德爾菲阿波羅神廟外寫著三句箴言，『**認識你自己**』、『**凡事不過份**』、『**胡亂立誓會招致災禍**』，我估計是神想所有恐龍可以學會用自己的力量去解決問題吧。」百樂絲謹慎地回答。

「即使我不是歐洲的恐龍，光明之神阿波羅的紋章也會給我神諭嗎？」小勇再問。

「當然了，光明之神阿波羅可是來者不拒的。」

「那我要爭取時間，我現在就出發了。」小勇非常心急，打算就此和百樂絲告別。

「你知道要怎麼去德爾菲嗎？」百樂絲看穿了小勇現在沖昏頭腦的狀態。

「呃……對不起，你可以告訴我怎麼走嗎？」小勇如夢初醒，向百樂絲請教。

百樂絲從自己的口袋中拿出了一塊小木牌。

「這個給你，只要你拿著這個令牌，就可以在道路上**暢通無阻**，沿著主要道路，走一整天，就會到達底比斯，再走一天就可以到達德爾菲了。」百樂絲說完，把木令牌送了給小勇。

小勇對百樂絲致謝，心中也非常感激奧薩瑪和米諾的指示，讓他找到百樂絲。

小勇和百樂絲道別後，沿途上遇上哨崗和檢查站時就出示木令牌，當值的恐龍都對他畢恭畢敬，歐洲的道路修建得**非常整齊**，小勇可以毫無顧忌地全速奔跑，就這樣跑了一天，小勇總算無驚無險地到達了底比斯。

　　在進入底比斯前，檢查站當值的恐龍勸小勇要繞過城前的那個小山丘，因為現在山上出現了一隻怪獸，所有恐龍都不敢接近那邊。

　　小勇由於急著要去德爾菲尋求神諭，所以依照指示**繞道而行**，避開了那個小山丘，從另一邊進入了底比斯城。

拿著令牌的小勇進城後，立刻被守衛請到宮殿內休息。小勇想拒絕他們的邀請，但他們實在是**盛情難卻**，小勇最後只好答應先去拜見一下底比斯的領主。

底比斯領主 立堅

「小勇你好，我叫做立堅，是底比斯的領主，百樂絲已經派人告訴我關於你的事了。」立堅是一隻中年的昆卡獵龍，他坐在自己的王座上說。

「立堅領主你好，因為我的朋友被捉走了，為了救他，我必需要盡快得到神諭，多謝你的招待，但我現在要去趕路了，不好意思。」小勇想快點到達德爾菲，所以打完招呼後就想繼續趕路了。

「你先聽我說完嘛！我也正好有事要去尋求神諭，我們一起出發好不好？」立堅皺了一皺眉頭說。

「呃……」小勇見立堅已過了盛年，怕他會拖慢自己，但又想不到用甚麼說詞來推辭。

「你別看我已經五十多歲，我跑起來還是相當快的，而且也很擅長戰鬥，不用怕我拖累你喔。」立堅看穿了小勇猶豫的表情，先發制人。

「**那我們現在就出發？**」

小勇問。

「當然囉，為甚麼需要等？」立堅還沒說完，就從王座上跳了下來，速度相當不錯。二話不說就拉著小勇衝出了宮殿，向著底比斯出城的道路上衝去，立堅的隨從來不及反應，只有眼睜睜地看著自家**任性的**領主和這個少年離去。

兩隻恐龍沿著大道行走，一邊走一邊談話，原來立堅正為底比斯城外小山上的怪獸煩惱著。

「那隻怪獸很奇怪的，**恐龍頭，獅子身**，每隻走到他視線內的恐龍都會被他捉住。」立堅一邊走，一邊說。

「恐龍頭，獅子身？開羅那邊也有一個這樣子的雕像，但我從來沒見過這種生物。」小勇一邊走，一邊回答。

「那答對呢？」

「我不知道，因為到了現在還沒有人答對過。」

「那麼，只要大家都不接近他所在的小山就好了，不是嗎？」

「哪有這麼簡單，單單是他的存在，就會讓底比斯的**民眾生活在恐慌之中**，我也有派戰士過去想把他趕走，但都不是他的對手，謎語也沒法猜對，他已經在那小山上待了快兩星期，我完全不知道要怎樣做。」

「你派守衛圍著他，不讓民眾走近不就好了？」

「不行啦，那傢伙雖然是怪獸，但卻很聰明，往往在包圍網形成之前就被他突破。之後我收到百樂絲通知，關於你的事，我才想起自己其實是可以去找神諭的。」

第四話

科林斯的少主和三岔路

二人說著說著，他們走到了一個三岔口，路上有一個補給站。

「我們要不要停一停，喝口水，吃點東西？」立堅問。

「我的朋友正等著我去救他……」小勇有點遲疑。

「只是喝一口水，很快的。」立堅說服小勇。

他們走進補給站，木製的小棚，還有簡單的桌椅，一如歐洲道路上其他的補給站一樣。小勇出示了木令牌，當值的恐龍帶他們到一張沒人的桌椅上坐下，同一時間，有一隻年輕的昆卡獵龍坐在另一張桌子上，悶悶不樂地一邊吃東西，一邊唉聲嘆氣。

「年輕的恐龍，你有甚麼煩惱的事嗎？」立堅走近那隻昆卡獵龍，對他說。

「別煩我。」年輕的昆卡獵龍擺出一副不耐煩的樣子。

「我看你同樣是昆卡獵龍，所以想幫你。」立堅悻悻然。

「我們正要去尋求神諭，要一起來嗎？光明之神阿波羅會幫你**解決問題**的。」立堅再問。

「你很煩呀！閃一邊吧！神經病！我就是因為神諭才煩惱啦！」年輕的昆卡獵龍語氣變重了。這條年輕的昆卡獵龍名叫奧基，是科林斯的少主，剛從德爾菲回來，得到的神諭居然是──

「他將會殺死自己的父親」。

科林斯位於底比斯的南邊，從這條三岔路向南走，大約一天就可以到達。正正因為奧基害怕神諭會成真，所以一直在這個三岔路口徘徊，不敢回去科林斯見自己的父親。

「你這算甚麼態度？我一心想幫你，你憑甚麼罵我神經病？」立堅是那種行動先於大腦的類型，暴躁、輕率是他的招牌。

「想打一架嗎？老傢伙？」奧基問。

「是你要求的，你不要後悔！」立堅大喝。

「我是科林斯的少主——奧基，現在要挑戰你，快報上名來！」奧基正式向立堅提出挑戰。

　　「我行不改名，坐不改姓，我就是立堅，我接受你挑戰。」立堅說完，站起來，面對著奧基。

　　「慢著慢著！立堅，我們還要趕路呢！不要節外生枝吧！奧基也是，你們根本沒有要決

鬥的理由吧？」小勇站出來，打算阻止二人的決鬥，首先當然是小勇急著要去救小英，其次的是**拳怕少壯**，立堅看起來要比奧基大上三十歲，加上兩人氣在頭上，很有可能下手不知分寸。

很快我就把他打到在地上找牙了，不用擔心。

立堅說完，裝備上「金」紋章災禍之神艾瑞斯，這個紋章為立堅披上了一身純黑色的盔甲。

「想**速戰速決**的，明明是我吧？」奧基回答，自己則裝上了「銀」紋章和諧女神哈摩尼亞的紋章，召喚出一條浮在半空中的鎖鏈來協助自己戰鬥。

災禍之神金紋章

和諧女神銀紋章

小勇看得優眼了，在小勇的家鄉，紋章的力量大多數是用來增強自己的力量的，例如泛濫之神庫奴杜可以讓裝備的恐龍快速地連擊，又例如獼猴之神哈碧的紋章，會大大地增加了攻擊力。但是來了歐洲之後，小勇發現他們的紋章更加多樣化，就好像立堅和奧基這種召喚**武器**和**防具**的紋章全都是小勇之前聞所未聞的。

　　立堅披著純黑色的盔甲衝向奧基，那衝擊的力量很強，發出了駭人的破風聲。奧基用力跳起，避過了這個衝擊。補給站內幾張桌椅都被這個衝擊波及，撕成碎片，而木棚也因此變得搖搖欲墜。

　　「你跳起就中計了！」立堅大叫，然後在奧基落地的點等著，打算給他**一記重擊**。

　　「那要看看到底中計的是誰。」奧基在落地前召喚鎖鏈打算把立堅綁住，而立堅變招的反應也快，用尾上的盔甲擋開了來襲的鎖鏈。

奧基成功站回地上，和鎖鏈分別從左右兩邊一起對立堅發動攻擊。立堅**以不變應萬變**，盔甲的防衛力相當不錯，奧基和鎖鏈的進擊都被立堅擋格了。

奧基知道強攻立堅不是一個好主意，所以他站在原地，揚手做出挑釁手勢，示意立堅要先攻過來。

「**別小看我！**」立堅最受不了這種激將法，用盡全身的氣力向奧基衝過去。奧基微微退後，把紋章置換成受「銀」紋章所罰的神西西弗斯，紋章的力量瞬間控制了他身前的空間。

受罰的神西西弗斯的紋章可以創造一個永久重複的**時間迴圈**，被困在裡面的一切都會不停地重複最近幾秒發生的事，只見立堅用盡全力衝前，但在剛要打中奧基的一刻，就被紋章的力量傳送回他剛才站的地方，重新開始衝鋒。

受罰之神西西弗斯銀紋章

「好險，差點就要被你撞倒了。這個紋章用起上來**非常麻煩**，因為他生效的範圍超小，距離也超短，但只要成功一次，就等於我已經用鎖鏈綁住你了。」奧基對著不停重複同一個衝鋒動作的立堅說。

「好了，**勝負已分**，立堅你投降吧，奧基也是，請你解除紋章。」小勇企圖終止戰鬥。

「對啊，你投降吧。」奧基對立堅說。

「誰要投降！我一定有方法逃出來的！」立堅一邊重複衝鋒，一邊說。

「你還是投降吧，現在我只要不解除紋章，不出兩三小時，你一定會累倒，我是穩贏的；你和你的朋友也要趕路，不是嗎？」奧基說。

「**我才不**……」立堅正打算拒絕奧基時，補給站的木棚支撐不住，倒了下來，破爛的木條剛好掉在立堅頭上……

立堅倒地！他**一動也不動**，小勇立刻上前察看，發現立堅受的傷很重，大約一米長的斷木條重重擊中了他的頭骨，已經沒救了。

「你叫奧基是吧？」小勇說完，雙眼都是淚水，心中想著待他領到神諭，救回小英後，他一定會告訴所有活在底比斯的恐龍，他們的領主是誰殺的。

「對不起，我不是有心殺他的，這是意外。」奧基垂下雙手，拋下了這句話之後，就轉身離開。

小勇叫補給站當值的恐龍回底比斯報訊，傳達領主死了的噩耗，而小勇則會在領到神諭後立刻回到底比斯幫忙。

之後，小勇帶著**沉重的心情**，一個人向著德爾菲繼續前進。

第 五 話
斯芬克斯和底比斯的新領主

　　再走了一天，經過了**顛簸不平**的山路後，小勇終於到達了德爾菲。

　　在歐洲恐龍的神話中，德爾菲位於世界的中心，也正因為如此，給予神諭的阿波羅神廟才會建於這個寧靜而深沉的山谷中間，而這個山谷亦是歐洲恐龍心目中的聖地。

　　沿著俗稱「**神路**」的狹窄小徑上山，路的兩側建有不少寶庫，寶庫是建於聖址上大小中等的建築，它們的分佈沒有規劃，存放著各種祭獻的物品以及藝術品。

　　除了寶庫之外，還有不少立在地上的圓柱，歐洲的恐龍稱為**祈願柱**，用途是把祭品高高托起，讓他們更加接近天上的神明。

而入口的左側，有著大量的雕像，分別是各種神明的形態，或者是為了紀念偉大領主而建。

　　到了阿波羅神廟門前，小勇終於見到百樂絲所說那幾句箴言，分別是：「**認識你自己**」、「**凡事不過份**」和「**胡亂立誓會招致災禍**」。

阿波羅神廟外圍由三十八支大柱子支撐，穿過最外圍的柱子後，小勇步入了雄偉的阿波羅神廟入面，入面有幾隻侍從恐龍排成兩列，仿似等待著小勇的來臨。

站在神廟**最深處**的，是一隻斑龍老婆婆，這隻老恐龍用一個像是看著深淵的眼神，盯著小勇。

「你是比域・巴沙爾，菲臘・巴沙爾的兒子，對吧？」斑龍老婆婆用緩慢的語速對小勇說。

「**好厲害！** 你怎麼會知道我是誰？你就是會給予神諭的恐龍？」小勇問。

「他是蘇姍，德爾菲的領主，也是阿波羅紋章的擁有者。我們早就知道你會來了，比域・巴沙爾。」站在婆婆旁邊一隻侍從解釋完後，被蘇姍婆婆揚手示意不用再說下去。

「你是來尋求神諭的吧？那你先走上前來。」蘇姍用她那緩慢的**語速**繼續對小勇說。

小勇依言上前，覺得蘇姍婆婆自有一種威嚴，讓小勇不敢直視她。

　　「我待會裝備光明之神阿波羅的紋章，然後我就會**失去意識**，你可以對阿波羅直接詢問你的問題，阿波羅會透過神的語言來回答你。」蘇姍婆婆慢慢地說。

　　「但我聽不懂**神的語言**吧？」小勇不解。

　　「不要緊，我會幫你翻譯的。」婆婆旁邊的侍從補充。

　　蘇姍婆婆也沒有再說其他話，直接就把光明之神阿波羅的紋章裝備在身上。一道不知從哪裡來的光芒照在蘇姍婆婆的頭上，而蘇姍婆婆也開始說著一些小勇聽不明白的話。

　　「小勇，你可以問問題了，你只有**一條問題**可以問。」婆婆旁邊的侍從說。

　　「我的朋友小英被鯊魚王捉住了，我要怎樣才能救回他？」小勇問光明之神阿波羅。

「Χρησιμοποιήστε το λαβύριν σας για να παγιδέψετε τους εχθρούς σας。」

光明之神借蘇姍婆婆的口說出了以上的一番話。

「光明之神的意思是說『**用迷宮困住你的敵人**』。」婆婆旁邊的侍從解釋。

「雖然我還是不太明白，但是我先多謝你。」小勇說。

「神諭就是這樣的東西，有時要到了**適當的時刻**，你才會搞懂那是甚麼意思。」蘇姍婆婆解除了光明之神阿波羅的紋章，然後對小勇說。

「婆婆，多謝你，我現在有很多事要辦，我要先回底比斯，通知他們關於立堅的死訊，然後要再回到克里特島，看看米諾明不明白這個神諭究竟在說甚麼。」小勇對婆婆說。

「年輕人，我看出你是一隻有能力影響**整個世界**的恐龍，加油去做你想做的事吧。」蘇姍婆婆說。

「感謝你，再見。」小勇對婆婆深深地鞠了一鞠躬，然後開始啟程跑回去底比斯。

小勇一直向著底比斯跑去，經過了那個三岔路之後不久，一隻恐龍頭獅子身怪獸擋在回到底比斯城的必經之路前面，小勇**走避不及**，和幾隻路過的恐龍一起被那隻怪獸捉住了。

　　「你們不走上那個小山丘上，難道我就不能跑下來捉你們嗎？」那隻怪獸應該就是之前佔領了底比斯附近小山丘的怪獸，他不知道用甚麼力量讓連小勇在內的幾隻恐龍**動彈不得**，然後對他們說。

　　小勇不斷在想究竟要如何才能脫身，他要去救小英，也要回底比斯通知恐龍們關於立堅的死訊，他現在是不可以被這怪獸殺掉的。

　　「我叫斯芬克斯，大家不用怕，我們來玩一個**猜謎遊戲**，如果你們猜對的話，我就離開這個城市。」斯芬克斯一邊笑一邊說。

　　「如果我們猜錯呢？」小勇問。

斯芬克斯

「如果猜錯，我就把你打飛到愛琴海去。好了，**問題來了**，有兩隻恐龍，一隻叫小明，一隻叫小德，兩隻打架起來，非常激烈，那麼誰會先死？」斯芬克斯問。

小勇記得立堅說過從來沒有恐龍能答對斯芬克斯的提問，但轉念一想，就這問題看來，答案只得兩個，只要有兩隻恐龍同時各答一個，總會有一人答對吧。

就在這時候，有兩隻被捉住的恐龍也想到了同一點，他們差不多同一時間喊出答案，一隻喊的是「小明」，而另一隻喊的是「小德」。

斯芬克斯說完，隨手一揮就把那兩隻恐龍往南邊一丟，兩隻恐龍**身不由己**地飛上半空，一直向著地平線的盡頭飛去。

　　「答案果然沒這麼簡單，兩隻恐龍打架，誰會先死呢？」小勇心想。

　　「我給你們三分鐘，沒想出來的話，就一隻一隻的把你們都打飛到愛琴海。」斯芬克斯說。

　　「不是兩隻恐龍，那會是甚麼呢？答案會不會是沒有恐龍會死呢？不會的，不會那麼簡單的。」小勇還在繼續思考。

　　「唉，我已經在這裡兩個多星期了，還沒有任何一隻恐龍能答對這題，我唯有把你們都打飛好了。」斯芬克斯說。

「慢著！慢著！我想到了！」

小勇突然靈機一閃，而且深信那就是答案。

　　「好啊，那你告訴我，答案是甚麼？」斯芬克斯咧嘴而笑，對著小勇說。

「兩隻恐龍激烈地打架，最先會死的，是地上面的花花草草！」小勇鼓起勇氣說出他想到的答案。

「少年，你叫做甚麼名字？」斯芬克斯笑得更燦爛。

「我叫小勇。」小勇答，然後發現自己已經恢復自由。

「既然你答對了，我只好離開這個城市啦，有緣的話再見吧，小勇。」斯芬克斯說完，往東方離開了這個城市。

小勇逃離了斯芬克斯的控制，再走了大約幾小時左右，到達了底比斯城的城門外，但在門外小勇聽到了一些傳聞，令他有點卻步。

立堅身亡，底比斯城的恐龍失去了領主，立堅沒有兒子，所以城內的恐龍決定只要任何恐龍可以趕走斯芬克斯，就可以成為底比斯的領主。

奧基不知道自己殺的是底比斯的領主，以為只是一隻普通的恐龍，又因為神諭的關係，不敢回去科林斯，只能一直在這附近遊蕩。

當小勇答對謎題趕走斯芬克斯時，剛好奧基躲在一旁看見事情發生的經過，於是他想到一計，他**用盡全力**奔跑，比小勇早一步到達底比斯城，然後對底比斯城內的恐龍謊稱斯芬克斯是自己趕走的，就這樣，奧基成為了底比斯的城主。

小勇在城門外發現了這個事實後，知道自己如果在底比斯出現，奧基一定會對付他，他要盡快回到克里特島，先救回小英，然後再見步行步。

第六話
牧場擁有者和神諭的力量

　　小勇繞過底比斯城，打算直接南行到雅典，在奧基統治整個底比斯之前，離開這片區域。沿著大路前進，在最接近底比斯的一個**補給站**中，小勇被一隻銳龍攔了下來。

　　「你好，你是一隻瑪宗格龍吧，這種龍種在這附近是很少見的。」那隻銳龍對小勇說。

對不起，我有點事，現在要趕路啊！

史提夫

小勇以為他是做推銷的，立刻連番地拒絕他。

「等等，我是立堅的好朋友，我在找一隻叫小勇的瑪宗格龍，請問你是小勇嗎？」但那恐龍再追問。

「喔喔！我是！我是！」小勇停了下來。

「我叫做史提夫，是附近一個牧場的擁有者，我們家族已經在這經營牧場有五代了，也深得這邊的領主信任。」史提夫介紹自己。

「你想知道關於立堅的死的**真相**？」

「對！補給站來的信差只說立堅是和另一隻恐龍在決鬥時被殺了，但我們問他經過時，他又答不出來。我也不怪他，老實說，沒見識過紋章戰鬥的恐龍根本無法理解決鬥時發生的事情。」

於是小勇就在這個補給站和史提夫坐了下來，**一五一十**地告訴了他事情發生的經過，還有現在那個殺死立堅的兇手正要成為底比斯領主的荒謬現實。

「你說⋯⋯你說殺死立堅的人是科林斯的少主？奧基？」史提夫**不可置信**地問。

「沒錯，是奧基親口說自己是科林斯的少主的。」小勇肯定地答，然後發現了問題：「這樣不妙吧，會不會因此引發科林斯和底比斯的戰爭？」

「問題比這更嚴重。」

原來立堅的兒子出生時，立堅去了尋求神諭，希望知道自己的兒子會成為一隻怎樣的恐龍。

哪知道光明之神阿波羅說，「你將會被自己的親生兒子殺死」⋯⋯

立堅害怕極了，本來想就這樣把嬰兒期的兒子放到森林裡讓他**自生自滅**，但後來又不忍心，於是立堅就拜託牧場擁有者史提夫帶走他，永遠不要再讓他踏足底比斯城就好。

當時的史提夫不知道要把幼龍帶到哪裡才好，自己的牧場離底比斯城那樣近，根本就不適合扶養幼龍長大，即使偷偷地把他藏起來，也不能保證日後他長大不會踏足底比斯城。

於是史提夫帶著他往南走，一直走到科林斯。科林斯的領主也是一隻昆卡獵龍，一直為自己沒有繼承人而煩惱著，史提夫帶著一隻雙目炯炯有神的幼龍來找他，他喜歡到不得了，決定收養幼龍，把他當成自己的**親生子**一樣看待。

這隻幼龍從此喚作奧基，成為了科林斯的少主。史提芬心想，他大概永遠也不會再和立堅見面，那麼立堅便不可能「**被自己的親生兒子殺死**」了吧。

奧基長得俊美，運動和領導能力都很好，雖然有時脾氣也不太好，但很受科林斯的民眾愛戴。

　　可是最近在科林斯有流言傳出，說奧基因為**血統不純**，沒法成為科林斯的繼承人；奧基煩惱極了，也沒辦法解決，於是就出發到德爾菲尋求神諭，希望光明之神阿波羅可以指引他的道路。

　　奧基問神他和父親的關係會變成怎樣，但得到的神諭是他「將會殺死自己的父親」，奧基不敢回到科林斯，怕會殺死自己的父親（養父）。

　　之後發生的事小勇也知道了，奧基在陰差陽錯裡，真的殺死了自己的父親——**親生父親**。

　　「這果然是命運吧，真是讓人悲傷的事。」史提夫感慨。

　　「那現在要怎辦？奧基一直被蒙在鼓裡，而且還成為了底比斯的領主。」小勇說。

　　「我希望你能和我回底比斯一趟，幫我告訴

奧基這一切的真相。無論他最後是要成為底比斯的領主、科林斯的領主、或者**甚麼都不是**，這個決定應該要在大家都知道真相的基礎下作出。」

「我贊成，讓我們*速戰速決*，解決這個問題吧。」

小勇和史提夫一起進入底比斯城，沿途的守衛們並沒有為難小勇他們，很順利地他們就來到了宮殿裡面，見到了奧基，奧基獨自一人坐在宮殿中心，座位旁的桌子上有枝小小的石柱。

史提夫看著奧基成長，不時也會到科林斯去見奧基，在奧基心目中，史提夫就像是他的叔叔。

「**對不起**，我知道謎語是你猜對的，我一時貪心想要這領主之位。」奧基見到和史提夫一起來到的小勇，以為小勇是來怪責他搶了底比斯領主之位，所以他驚慌極了，連忙道歉。

「我們來找你，不是因為這件事，是有更深遠的問題要和你研究。」史提夫說。

更深遠的問題？

「對，更深遠的問題，
我對底比斯領主之位沒有興
趣，但是你在三岔路上決鬥

時殺死的立堅，卻正正是本來底比斯的領主。」

「那是一次**意外**，西西弗斯的紋章只會困住他，不會殺死他的。」奧基連忙搖頭。

「無論是不是意外，立堅的死你都要負上責任，本來那場決鬥就沒有任何意義，你們兩隻恐龍都沒有戰鬥的理由。」小勇說。

「其實我很內疚，我以為他只是一隻暴躁又**多管閒事**的恐龍，我不知道這個意外會讓底比斯恐龍失去他們的領主。」奧基答。

「但更可怕的是，其實立堅是你的親生父親，當年你出世時，神諭說他會『被自己的親生兒子殺死』，立堅很害怕，所以把你給了我，然後我自作主張，把你送到了科林斯作為領主的養子。」史提夫試著簡短地說明。

「*那……那不可能吧……史提夫叔叔，你是在開玩笑吧？*」奧基不敢置信。

「這是真的，就如神諭所說一樣，立堅真的『被自己的親生兒子殺死』了，而你就是他的親生兒子。」史提夫說。

「而我……我這次到德爾菲……所得到的神諭……神諭是『將會殺死自己的父親』……」奧基崩潰了，跪在地上，仰天長嘯。

「你先別怪責自己，我們這次來也不是要怪責你；你需要好好想想，往後的路要怎麼走。」

「對，我覺得事件很不幸，但怪責自己也不會有任何幫助。」小勇說出自己的想法。

「但……我根本不知道可以怎麼做……我怎麼會這樣有眼無珠？我怎麼會殺了我的親生父親？我怎麼會變成了弒父奪位的不忠不孝之徒？」奧基繼續跪在地上，喃喃自語。

小勇和史提夫沒想到奧基會自責到這個地步，兩隻恐龍都想上前說點甚麼，但卻又想不到任何適合的言詞。

「我真的是有眼無珠啊！」奧基突然站起來，裝備上和諧女神哈摩尼亞的紋章，召喚出一條浮在半空的鎖鏈，直接用鎖鏈打向自己的雙眼。

眼球是身體非常脆弱的部位，這一擊令奧基雙眼**嚴重受損**，永久失去了視力。

「我也不配當底比斯的領主，我宣佈**流放**自己，永遠也不會再回來底比斯或者是科林斯了。史提夫叔叔，再見。不對，我們以後都不會再見了。」奧基一邊說，一邊雙手向前摸索著，尋找離去的路。

小勇反應不過來，來不及阻止奧基傷害自己，也不知道現在可以對奧基說些甚麼。

「小勇，那邊桌子上有一枝石柱，裡面裝有西西弗斯的紋章，剛才你們還沒來之前，我就在想究竟要怎樣處置這個**危險的紋章**了。你會經過雅典嗎？麻煩你把這個交給百樂絲吧，讓她把這個紋章封印起來。」奧基離去前說。

小勇走到桌子前拿起小石柱，點頭答應了奧基的請求，但是奧基已經再也看不到了。奧基找到了宮殿的門口，慢慢地走了出去，身影慢慢地消失在門外射進來的陽光之中。

第七話
雅典娜的恩典和巨大迷宮

　　史提夫留在底比斯，協助底比斯選出新的領主，而小勇則拿了那條裝有西西弗斯紋章的小石柱，一路走回雅典。到達雅典之後，那裡的繁華把小勇**深深震懾住**。

　　小勇上次來的時候，沒有走進雅典主城的地區，在港口附近就往大道走去了。現在小勇踏進了雅典城區，首先**映入眼簾**的就是雅典衛城，衛城位於雅典市中心山坡上，無論在雅典城的哪個位置，都可以看到這座宏偉的建築，百樂絲就在那上面，俯瞰著雅典城內所有恐龍的一舉一動。

　　小勇向著衛城的方向進發，經過了一個超級大型的市集，裡面售賣著各式各樣的食品和藝術品，除了來自歐洲和非洲的貨物外，甚至有些小勇**從來沒見過**的東西。

市場旁邊是火神神殿和阿塔羅斯柱廊，都是用圓柱支撐的高大建築，小勇沒閒暇細心欣賞，只能繼續向著衛城前進。

衛城山腳下是戴奧尼索斯劇場，也稱作「酒神劇場」。

這個劇場規模比小勇之前在阿歷山大見到的那個要大得多了，形狀也有點不同，半圓形的劇場背靠著衛城山上兩個神殿，分別是帕德嫩神殿和伊瑞克提翁神殿。

雅典衛城

小勇沿著劇場旁邊的路向著衛城走，走到門附近，門前是一條寬闊的階梯，數支圓柱支撐著前門，前門屋頂上的三角形裡有著眾神的雕像；前門守衛的恐龍看見小勇的木令牌後，也和小勇親切地打了招呼。

　　穿過前門後，左邊是一座有兩三隻恐龍那麼高的女神雅典娜雕像，右邊是通往帕德嫩神殿和雅典娜神廟之間的通路。百樂絲應該就在雅典娜神廟內吧，小勇向著神廟的中心走去。

　　神廟內的光線比較暗，小勇用了一點時間才適應了室內的光線，見到百樂絲正在和另一隻年老且極有威嚴的斑龍談話。

　　「那麼我們派一隻新的恐龍去擔任底比斯的領主吧？」威風凜凜的老斑龍說。

　　「不如讓他們自己推舉人選，再一人一票選出領主，來得有說服力。」百樂絲反建議。

歐洲大獵區 大領主 百歲麟

「但選舉需要時間，而且麻煩得要死。」**威風凜凜**的老斑龍臉上露出了煩厭的表情。

「父親大人你總是這樣，動不動就嫌麻煩，統治歐洲是你的工作啦！」百樂絲沒好氣。

「我不要，我要去海格力斯之柱那邊享受陽光與海灘，事情都交給你決定好了。」老斑龍攤了攤雙手，說。

「咦？小勇？你來了？神諭的結果怎樣？」百樂絲發現了小勇一直在旁邊等著她們的對話完結。

「你就是小勇？你是菲臘的兒子吧！我叫百歲麟，是菲臘的朋友。」那隻老斑龍，正是**歐洲大獵區的大領主**。

「百歲麟大人、百樂絲大人你們好……」小勇把在底比斯和德爾菲遇到的事詳細地報告給百歲麟和百樂絲知道，當然也包括神諭叫小勇「用迷宮困住他的敵人」，還有西西弗斯紋章的事。

「西西弗斯紋章就送給小勇你好了，你也是紋章戰士吧，你要好好使用。」百樂絲對小勇說。

「不可以，我哪有權力去繼承這個紋章呢？」小勇連忙推辭。

「**我們這裡沒有不可以的。**」百歲麟語氣肯定地說。

「對啊，現在他已經是你的東西了，你可以把他毀滅，也可以把他裝備，奧基說這是一個會帶來不幸的紋章，我覺得只是他使用的方法有錯罷了。如果是你的話，一定可以做得更好的。」百樂絲說。

「那⋯⋯我先收起來⋯⋯再看看要怎辦好了⋯⋯」小勇拗不過。

「另外，底比斯的事情我們都大概聽說過了，剛剛我們也正在討論這件事。」百歲麟說。

「但對於小勇來說，當務之急是要從鯊魚王嘉威手上救回小英吧。」百樂絲回應。

「我正正是想說這件事，如果要製造一個大型迷宮困住鯊魚王的話，沒有比百樂絲你更適合的人選了吧？」百歲麟提議。

「雅典娜的紋章的確可以幫到忙，但如果我不在的話，誰來領導雅典的恐龍呢？」百樂絲說。

百歲麟擺出一副無奈的表情……

看來我只有放棄我的陽光與海灘好了，誰叫菲臘是我的老朋友呢？

菲臘

「那很好，小勇，我們出發吧。」百樂絲生怕父親**反悔**，拉著小勇就離開了雅典娜神廟。為了生活在雅典的恐龍，百樂絲已經有好幾年沒有離開過雅典了，這一行除了幫助小勇去救回小英之外，也想順道到愛琴海附近玩幾天。

小勇還沒來得及反應，就被百樂絲拉著跑到港口了，歐洲的恐龍們像是立堅、史提夫甚至百樂絲都一樣，是典型的**行動派**，經常想到就做，小勇也漸漸習慣他們的節奏了。

在海面上走了大約五天，百樂絲和小勇來到克里特島，但克里特島卻進入了全面戰爭的戒備狀態，在克諾索斯海港的水閘外，百樂絲和小勇被守衛攔了下來。

「對不起，克里特島現在是**戰爭狀態**，領主米諾頒令封鎖了海港，任何人都不可以進入。」閘外的守衛對百樂絲和小勇說。

「克里特島現在和誰在開戰？」小勇問。

「鯊魚王嘉威。懂了的話就快點回北面吧，回雅典也好，到聖托里尼島又或是米高諾斯島也可以，那些地方暫時都是**和平**的。」守衛說。

百樂絲給小勇打了一個手勢，示意他不用和守衛糾纏下去，然後他們離開了克諾索斯港。

「米諾的戰士們應該全都**不會游泳**吧，他要怎樣和鯊魚王交戰呢？」離開港口的範圍後，百樂絲對小勇說。

「米諾是為了我和小英才和鯊魚王開戰的吧？我要回去幫他。」

「我就知道你會這樣想，我們從其他地方登陸吧，不要麻煩守衛通報，我知道有一個地點一定可以**登陸**。」

「是哪裡？」

「那對夫妻也是從非洲來隱居的，可能你也認識他吧，他叫奧薩瑪，我們去他家那邊登陸就好，米諾不敢惹他的。」

「啊！是奧薩瑪，我當然認識了。」

百樂絲和小勇沿著海邊走，一直走到了一家海邊小屋附近，百樂絲和小勇在小屋旁的碼頭上岸，然後直接走到了奧薩瑪的家門敲門。

「是誰？」應門的是一把女性聲音，那是奧薩瑪的妻子——奧黛。

「我是百樂絲，是雅典的領主，有事要來找奧薩瑪的。」

奧黛聽到後把門打開，奧薩瑪正坐在屋內看書，他抬起頭來，看見了小勇和百樂絲，也大致明白發生了甚麼事。

「初次見面，我是奧薩瑪，你怎麼知道我的名字？還有你是怎麼知道我在這裡的？」

「這樣說吧，整個南歐洲中發生的事，我都**非常了解**。」

「我明白了，那我要先多謝你讓我們在這裡躲起來，靜靜地度過餘生。我再說坦白一點吧，我並不想參與鯊魚王和米諾之間的戰爭。」

「我不是特意跑來參與這場戰爭的，我也是剛剛才知道他們**開戰**了……」百樂絲有點不好意思，畢竟剛剛她才說過自己非常了解整個南歐發生的事。

「就算你不想參加，你旁邊這個少年一定會很想參加，對吧？小勇，只要 **擊敗** 鯊魚王，你就可以救回小英了。」

「對，請你幫助我去救小英吧！」小勇雙手合什，懇求奧薩瑪。

「**我不會去的**，我告訴你事情的始末之後，就會明白為甚麼我不會去的了。」奧薩瑪用手輕輕敲了敲小勇的頭，然後開始說明事情的經過。

小勇現在才知道，原來奧薩瑪早就認識鯊魚王和盔甲龍米諾，在克里特島的前領主病逝後，米諾經奧薩瑪的介紹，成功和鯊魚王嘉威達成交易，嘉威會幫米諾完成神蹟，令其他恐龍捧他為領主，而米諾則會把克里特島的五分之一收成獻給鯊魚王。

　　本來奧薩瑪、小勇和小英三隻恐龍會一起完成神蹟的，但小勇和小英在途中卻犯了規，鯊魚王只好順水推舟，把小勇趕到去約定的海灘，完成米諾的委託。

　　「既然一切都是個交易，那為甚麼鯊魚王不把小英放回來呢？而米諾為甚麼又要和鯊魚王開戰呢？」小勇問。

　　「你誤會了吧，是鯊魚王攻打米諾，而不是米諾和鯊魚王開戰啦！至於開戰原因我就不清楚了，因為兩邊都算是我的朋友，所以在這場戰爭中我必需保持中立啊！」奧薩瑪說。

「小勇，我們走吧！奧薩瑪，再見囉，多謝你給我們情報。」百樂絲明白了形勢，所以立刻和奧薩瑪告別。

「我不明白，奧薩瑪，明明這場戰爭是你挑起的，你有**責任**去讓他結束吧。」小勇對奧薩瑪說。

「小勇，走吧。」百樂絲說完之後，拉著小勇奪門而出。

小勇和百樂絲離開沒多久，奧黛跟了出來。

「奧薩瑪的脾氣就是這樣，希望你們可以原諒他。百樂絲小姐，可以借一步說話嗎？」奧黛說完，沒有理會小勇的反應，直接把百樂絲拉到一邊**耳語**了一會。

「我明白了，和我想的也一樣，奧黛，謝謝你追上來告訴我這個。」百樂絲說完後，奧黛點頭示意，然後轉身回到海邊小屋裡。

「那⋯⋯我們現在要怎辦?」小勇問百樂絲。

「我們現在當然是要去實現你的神諭,『**用迷宮困住你的敵人**』啦,來吧,我們去找米諾。」百樂絲還沒說完,就拉著小勇向著克諾索斯的方向跑去。

第八話
鯊魚王的命運和傳說中的戰士

　　小勇和百樂絲進入了克諾索斯，經過通報，米諾知道是雅典領主百樂絲本人來了，所以親自來到城外迎接她。

　　「我知道你和鯊魚王開戰了，我們是來幫你的。」百樂絲**開門見山**地對米諾說。

　　「多謝你遠道從雅典來幫助我。」米諾的語氣畢恭畢敬，和平時說話的方式大有出入。

　　「這位少年帶來了神諭，要『用迷宮困住你的敵人』，以我所知，克諾索斯這裡有個大迷宮吧？」百樂絲問。

　　「對啊，這裡有個**大迷宮**，在宮殿的不遠處。」米諾答。

「你帶我們去看看吧，我們在那邊再想想要怎樣用他來『困住敵人』。」百樂絲以下命令的語氣說。

大迷宮

米諾也**不敢不從**，百樂絲是歐洲大領主的女兒，要穩穩地成為克里特島領主的話，就不能和百歲麟的家族作對。

米諾讓十幾個戰士開路，帶著百樂絲和小勇，一起來到了港口附近，一個大迷宮的遺蹟，只見這個迷宮佔地很廣，從高處看也看不懂結構究竟是如何。如果迷宮修理好的話，很有可能進去裡面一整天都沒法出來。

「這迷宮很不錯啊，規模夠大，結構也好，很適合。」百樂絲視察過後說。

「只是**日久失修**，很多牆身都已經變得很矮，很容易會被跨過去或者破壞掉。」米諾擔心。

「這沒問題，給我三天，我會負責把迷宮修好。」百樂絲說完，裝備了「金」紋章女神雅典娜，憑空召喚出**八隻恐龍**。

女神雅典娜
金紋章

女神雅典娜同時身兼智慧女神、戰爭女神、占卜女神、建築女神、手工藝女神多個職位，她的紋章力量用途非常廣，可以召喚出的恐龍也非常多類型，像第一次在雅典港遇到小勇時，百樂絲身邊那八隻侍衛也是雅典娜紋章召喚出來的，每隻都**驍勇善戰**；這一次百樂絲召喚出的恐龍全都是熟練的建築工人，要在三天內修好這迷宮也是全無難度。

「我會把迷宮的入口改成面向海邊，然後加裝水閘。計畫是這樣的：米諾你出海去挑戰鯊魚王，然後詐敗向後逃走，全力地跑回迷宮內，鯊魚王一定會中計追擊你，只要他一進入迷宮深處，我們就把迷宮出入口附近的海水抽走，那麼鯊魚王就只能被困在迷宮內了。」

百樂絲補充說。

「這計畫真好，我現在派**翼龍**出海去向鯊魚王下戰書，要他三天後來到克洛索斯對外的海面和我決鬥。」

「嗯，那你快退下吧，我會把這裡建好的。」百樂絲說完這句，揮了揮手，示意米諾退下，然後轉過頭來對小勇說：「小勇你留下來幫手，最後把海水抽走的機關我想交給你來操控。」

「好的。」小勇大聲答應。

時間來到三日後，鯊魚王的軍隊整齊地在克洛索斯對外的海面集合，有十幾條鯊魚、數十隻水生恐龍。他們全都受過紋章戰鬥的訓練，看來都**非常厲害**。

而米諾這邊也**不示弱**，海港兩旁站滿了戰士，一字排開，氣勢一點也不輸給鯊魚王。百樂絲則站在米諾旁邊，身邊站著她用女神雅典娜紋章召喚出來的八隻戰士。小勇則一早埋伏好在迷宮附近，方便控制機關。

「嘉威，你好，我叫做百樂絲，是雅典的領主。」百樂絲首先介紹自己。

「你是百歲麟的女兒吧，有機會的話幫我跟你的老爸問個好，我跟他很久沒見了。」嘉威說。

「好的！今天我來這裡是要來處理你和克里特島領主米諾的糾紛的，你們雙方都同意用決鬥來解決問題，對嗎？」百樂絲問。

「沒錯，比起全面戰爭或者封鎖海港，**單對單**的決鬥是最好的方法。」嘉威說。

「米諾，你同意嗎？」百樂絲轉過頭去，問米諾。

「**我同意！**嘉威，你看見海港那邊的木樁群嗎？那些將會是我和你決鬥時，我的立足點，這樣可以嗎？」米諾問。

「可以，如果沒有這些，單憑你那剛剛學會的水上行走紋章，大概贏不了我吧，哈哈！」鯊魚王嘉威張開他的大口，對著天空狂笑不止。

「廢話少說，我是克里特島的領主米諾，現在要挑戰你，輸的恐龍就要交出自己的領地。」米諾說完，晃了晃他那像流星鎚一樣的尾巴，發出強烈的**破空之聲**。

「好，我是地中海海域的管理者，鯊魚王嘉威，我接受你的挑戰。」嘉威說完，高速地潛行到了木樁附近，只露出了他那自傲的背鰭。

米諾裝備上「金」紋章米諾陶洛斯，召喚出一個有著長長牛角的金色頭盔，把頭盔戴在頭上後，二話不說，從海邊一下起跳，跳向最近的木樁上。

米諾陶洛斯金紋章

這塊石頭掉到水中的一刻，決鬥就正式開始。

百樂絲說完，向著海中心拋出一塊小石頭，幾秒後，石頭掉進海裡，泛起了一陣陣漣漪。米諾和嘉威都沒有隨便發動攻擊，米諾在木樁陣上小心翼翼地往前走，而嘉威則一直圍著木樁陣在打轉。突然，米諾發難，向著嘉威的前方衝過去，用金色頭盔的長角刺向鯊魚王。

嘉威就是等著這個機會，發動海洋之神波塞頓的紋章，在米諾身前築起了一道水牆。面對著水牆米諾不敢冒進，退回了木樁附近，嘉

威看穿了這一點，快速地轉到木樁陣的另一邊，跳出水面張開大口咬向米諾沒有硬殼的後頸。米諾察覺嘉威的攻擊時已經晚了一步，急忙扭身避開，嘉威的噬咬落在了米諾的背上，**鏗** 的一聲，堅硬的甲殼和鋒利的牙齒撞上，米諾扛住了這一擊。

米諾在這時間點把紋章轉換成原始水之神努恩的紋章，轉身就向著迷宮入口的方向逃去，鯊魚王 **不虞有詐**，立刻全速跟上，還使用海洋之神波塞頓的紋章把海水當成武器，不斷地向米諾追擊。

米諾心知不妙，除了沒命奔逃之外，再沒有其他方法。最後在**千釣一髮**之間，終於逃到了早已灌滿海水的迷宮內部，拐了幾個彎之後，已經成功擺脫了鯊魚王的追擊。

現在迷宮已經被百樂絲修復好，牆身高達五到六隻恐龍的高度，海水則淹到三隻恐龍左右高。米諾不可以解除水上行走紋章，但百樂絲早就告訴過米諾走出迷宮的路線，米諾只要憑著記憶，就可以找到出路。

照道理說，小勇這時應該已經把迷宮出入口附近的水都排掉了，鯊魚王也已經變成了**甕中捉鱉**，怎樣都逃不掉了，只要冷靜一點，一定可以離開這個迷宮的，米諾這樣安慰著自己。

走了快半天，如果百樂絲沒說錯的話，米諾在前面再右拐，就會到達出口了。但當米諾右拐後，卻發現他正身處迷宮的正中心，中間設立了一個**四面環水**的擂台，而站在擂台中間的，

是小勇。

「克里特島的領主米諾，你曾經和鯊魚王交易，鯊魚王會幫你完成神蹟，令其他恐龍捧你做領主，而你則會把克里特島的五分之一收成獻給鯊魚王，對嗎？」小勇對剛剛踏進擂台的米諾發問。

「對。」米諾答。

小勇再問：

但是你卻沒有履行你的責任，你沒有把收成獻給鯊魚王，對嗎？

「那是有原因的啦，我總不能就這樣剛上任就把五分之一收成獻給鯊魚王吧。」米諾有點不知所措。

「原本只要你把收成交出去，**履行合約**，鯊魚王就會放小英回來了，但你卻叫我大老遠的跑去德爾菲尋求神諭，是甚麼意思？」小勇問米諾第三個問題。

「沒甚麼特別意思的，我只是想成為克里特島的**領主**。」米諾再答。

「神諭告訴我『要用迷宮困住我的敵人』，到了現在，我終於明白了，我的敵人究竟是誰。」

「我不是你的敵人，只要我們擊敗鯊魚王，拿到地中海的**控制權**，就可以救回你的朋友了。」

「夠了，不是你的話，小英現在應該是自由的。來吧，我是比域‧巴沙爾，通稱小勇，來自非洲的蘇丹，要挑戰你，如果你輸了的話，我會

把你交給鯊魚王，換回小英。」

「好，那我也不廢話了，我是米諾，克里特島的領主，我接受你的挑戰，如果你輸了的話，你就永遠都留在這個迷宮內吧。細心一想的話，神諭說的『敵人』，說不定正是你**自己**呢？」

米諾再次裝備米諾陶洛斯紋章，正當他打算把黃金長角頭盔戴上的時候，小勇用禿鷹神奈赫貝紋章**加速**，以極快速的身法到了他身後面。

米諾陶洛斯
金紋章

禿鷹神銅紋章

受罰之神西西弗斯銀紋章

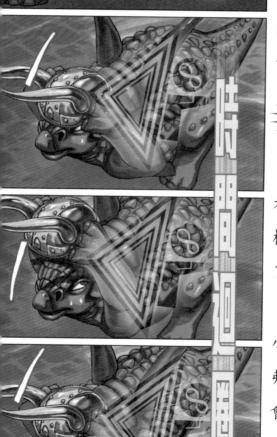

在米諾戴上頭盔的一刻，小勇把紋章轉換為受罰之神西西弗斯，紋章的力量近距離地擊中米諾，讓米諾陷入了**時間迴圈**，不停地重複戴頭盔這個動作。

我贏了。

小勇一邊說，一邊看準頭盔還沒戴上的時機，用尾巴狠狠地擊中了米諾的頭部。

米諾被小勇打暈，小勇獲得了勝利，西西弗斯紋章看來也不一定會帶來不幸。

小勇把米諾交給了鯊魚王，鯊魚王也依約釋放了小英，小勇在百樂絲的陪同下在克洛索斯的港口中和嘉威進行著交易。

　　「我這條鯊魚呢，活了這麼多年，都只奉行一個信念，『**做不到的事我絕對不會承諾**』，相反地，如果是其他生物承諾我的事而又失信，我就絕對不會原諒他。」鯊魚王嘉威對小勇說。

　　「我明白，多謝你放回了小英。」小勇說。

　　「不用謝，老實說，我相當喜歡小英這個少年呢！他鬥心很強，在和我們一起的時間內，不斷的**鍛煉自己**，即使沒法解除水中行走紋章，還可以打贏不少我屬下的戰士，如果他是水棲恐龍的話，我就不會把他放走了，一定要他成為我的繼承者。」

　　「你太抬舉我了，我也很多謝你，這幾天內教會了我很多。」在旁的小英說。

「沒甚麼，你那拼勁讓我想起了**菲臘**，當年他也是這樣，明明除了水中行走紋章之外甚麼紋章也用不了，但老是想在海上打贏我們這些水棲生物。」嘉威回憶。

「那最後結果怎樣？我父親有打贏你嗎？」小勇問。

「甚麼？你是菲臘的兒子？」

鯊魚王說。

「對，我的父親是菲臘·巴沙爾。那結果究竟是怎樣？」小勇自豪地說。

「**哈哈！**這是秘密！如果你見到你父親的話就問問他吧。」鯊魚王笑著說。

「我不知道他現在在哪裡，我以為來到歐洲會有點頭緒的，但來到之後卻一直忙個不停。」小勇說。

「我之前聽過傳聞，菲臘在美索不達米亞那邊戰勝了擁有『**無敵之神**』基加美修紋章的中東大領主，你可以向東邊出發，在美索不達米亞平原那邊找找看。」百樂絲插嘴。

「『無敵之神』也輸了給我的父親？」小勇用嚮往的語氣問。

「那只是傳聞啦，離這裡太遠，不容易證實。」百樂絲補充。

「我也聽過類似的傳聞啦，那傢伙總是四處去**挑戰強者**。」嘉威說。

「好吧，那我們向東面進發，來吧小英，要出發了，這次我們不要再走散囉！」小勇說。

「嘿！」小英用鼻子發出哼聲回應。

「對了，小勇，這裡有三顆我的牙齒，我們鯊魚王一族佔領著世界上大部分的海洋，只要你出示一顆**牙齒**，我們就可以答應你一個要求，你把這個留在身邊吧，當作是我給老朋友兒子的一份禮物。」嘉威說。

「多謝！」小勇接過了三顆牙齒，並把其中一顆還給了嘉威，之後說：「我想知道你和父親比試的勝負。」

「**哈哈！**少年！你把牙齒留著吧，如果你見到菲臘的話，他一定會很樂意告訴你的，不要浪費。」鯊魚王嘉威再次大笑，笑聲大得克洛索斯每個角落都可以聽到。

②
希臘篇
完

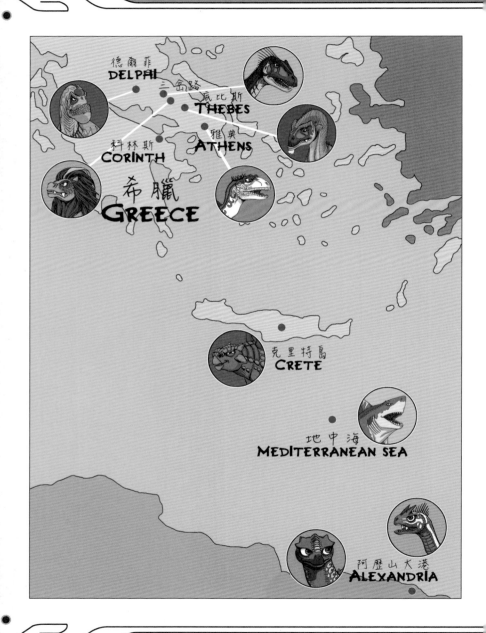

阿歷山大港

阿歷山大港位於尼羅河的出海口，是埃及第二大的城市，但他並不是一個由古埃及人奠基的海港，他的奠基者是傳奇的馬其頓人阿歷山大大帝。

阿歷山大大帝在三十歲時憑著軍事征服，建立了歷史上幅員最廣大的古希臘帝國，領土包括今天的希臘、土耳其、埃及、以色列、伊拉克、伊朗，甚至去到阿富汗與及印度北部。

阿歷山大港就是以他本人命名的港口，於是這個港口也就成了埃及人、希臘人還有猶太人的交流中心，城市內不但有埃及風格的建築，更有希臘人的文化，而且同時是最多猶太人居住的城市。

世界七大奇蹟之一阿歷山大燈塔也坐落於這裡，預估高度 115-140 米之間，在倒塌前，是當時世上第三高的建築物（第一和第二分別是位於開羅吉薩的胡夫及卡弗拉金字塔，想知更多可以參看第一期的附錄）。

克里特島　孕育愛琴海文明

　　小勇和小英自阿歷山大港出發，橫越大海向北邊走，遇上的第一個大型島嶼，就是克里特島。克里特島上有著溫和的氣候，還有適合農耕的北部海岸，所以在公元前三千年左右孕育了一個叫「邁諾安文明」。

　　雖然位置比較接近埃及，但實際上是希臘城邦文明的始祖，位於克里特島北岸的城市克諾索斯有著華麗的皇宮，牆上有著各式各樣的壁畫，主題來自大自然，海浪、章魚、海豚和海草經常在壁畫上出現。

雅典

　　小勇向著雅典進發，希望尋找從鯊魚王手中拯救小英的方法，渡過愛琴海之後小勇抵達的大城市是希臘現在的首都、奧運的發源地——雅典。

　　雅典有長達三千多年的歷史，是一個文化古城，很多哲學家、政治家和文學家都是雅典出生的，包括現代哲學的奠基者蘇格拉底，還有他的學生亞里士多德。

雅典到了今天，還保存著大量古城的古蹟，其中最出名的，就是雅典衛城，這座由巨柱和神廟組成的建築即使說是西方文明的代表也不為過。

底比斯

小勇離開雅典後，向著神諭之地德爾菲進發，途中經過的大城市就叫做底比斯。而底比斯這個名字和上埃及中一個城市的名字一模一樣，大概是希臘人征服埃及之後，強行替他們改成這個名字的。

底比斯在城邦時代是雅典的主要競爭對手之一，到了現在，也是希臘行政區中維奧蒂亞洲的最大城鎮，亦是很多希臘神話中的重要舞台。

德爾菲

為了尋求神諭，小勇終於來到了「神諭之地」德爾菲，德爾菲是所有古希臘城邦的共同聖地，阿波羅神廟的入口處刻著三句箴言：

「認識你自己」

（γν θι σεαυτ ν）、

「凡事不過份」（μηδεν αγαν）、

「胡亂立誓會招致災禍」

（ γγ α π ρα δ' τη）。

德爾菲是希臘神話中的世界中心，所以大量的神話中經常會出現德爾菲這個地方；神諭會在一個女預言者在兩個祭司的配合下完成，而神諭會被翻譯成韻文，有一定的格式和音調配合，神諭文化在古希臘文明中的地位非常崇高，常常影響著古時歷史事件發生的走勢。

　　古希臘的神話影響非常深遠，整個西方文化、學術、藝術、音樂等等都或多或少受著古希臘神話的影響。

　　古希臘人有多種不同的神話記載，列成了不同的神譜，在《龍族英勇學院 2》入面，紋章設定多數參考著名的《荷馬史詩》，故事也有不少致敬《荷馬史詩》的地方。

　　《荷馬史詩》是古希臘文學中的鉅著，史詩是一種莊嚴的體裁，內容為神話、民間傳說或英雄事蹟，以詩的形式留傳後世。

　　《荷馬史詩》共有兩部──《伊利亞特》和《奧德賽》，每部分成 24 卷。據考究，這兩部史詩皆是靠口耳相傳留下來的作品，荷馬這個人未必存在；假使曾經存在，應該就是這兩部史詩的整理者。

奧林匹斯眾神

雕像	名稱	簡介
	宙斯	眾神的統治者，天空與雷霆之神。和波塞頓、哈迪斯是三兄弟。
	波塞頓	海洋、地震和海嘯之神。和宙斯、哈迪斯是三兄弟。
	雅典娜	智慧、技藝、戰爭、戰略女神。宙斯的女兒。
	阿波羅	代表光明的神。宙斯的兒子。

雕像	名稱	簡介
	艾　瑞斯	戰爭、暴力和血腥之神。
	米諾陶洛斯	半人半牛怪物。在克里特島建造巨大迷宮。
	西西弗斯	被懲罰的人。他受罰的方式是：必須將一塊巨石推上山頂，而每次到達山頂後巨石又滾回山下，如此永無止境地重複下去。
	伊卡洛斯	使用他父親用蠟造的翼在天空飛行，因得意忘形飛得太高，雙翼遭太陽溶化跌落水中而喪生。

圖片來源：wikipedia

圖片來源：wikipedia

　　《伊底帕斯王》這套戲劇是希臘悲劇中的代表之作，它源自荷馬史詩。故事講述伊底帕斯的父母遭到詛咒，在伊底帕斯出生時，神諭表示這個兒子會殺死自己的父親。伊底帕斯之父為了逃避命運，刺穿了剛出生的伊底帕斯的腳踝，並將他丟棄在野外，但是那個負責執行的牧人於心不忍，將嬰兒轉送給科林斯國王，一直無子的科林斯國王把伊底帕斯當作親生兒子撫養長大。

　　伊底帕斯有一天去了德爾菲請求神諭，神諭說他會

在將來「弒父娶母」。伊底帕斯不想神諭成真，動身離開科林斯，還發誓永遠都不會再回去。當伊底帕斯流浪到底比斯附近時，在三岔路上跟一輛馬車初則口角，繼而動武，伊底帕斯失手殺了馬車上所有人，而入面其中一個，正是他的生父。

那時候，底比斯人不但失去了國王，而且城外還出現了人面獅身獸斯芬克斯，斯芬克斯會抓住每個路過的人，然後問對方謎語，那個著名謎語是：「甚麼動物早晨用四條腿走路，中午用兩條腿走路，晚上用三條腿走路？」，謎底是「人」；沒法作答的人會被斯芬克斯殺死。

底比斯城為了解決斯芬克斯，於是宣佈只要任何人解開謎題，就可以成為國王並娶國王的遺孀為妻。伊底帕斯解開了謎語，於是成為了國王。最後伊底帕斯尋回了當日救他的牧人，一步一步地追查出真相，才發現自己既殺了自己的親生父親，更在不知情下娶了自己的母親，完全應驗了神諭。

伊底帕斯知道真相後，刺瞎自己的雙眼，給予自己比死還要痛苦的懲罰。

作者採用了這個神話故事，寫成了今集奧基錯手殺害了親父立堅的悲劇片段。

　　奔龍，又名三角洲奔龍，意思是「三角洲奔跑者」，主要活躍於白堊紀的北非，他們有著強壯而瘦長的後腿，所以名副其實是一種擅於奔跑的恐龍。

　　第一塊奔龍的化石在 1995 年發現。這種恐龍成長後可達 13 米長，跑起來就像一架全速向前的公共小巴一樣快。

　　三角洲奔龍擁有巨大的頭骨和尖銳的牙齒，頭骨甚至可能比暴龍更為龐大，但體型卻較小，在北非發現的恐龍化石中，還是鯊齒龍才是當中的肉食霸主。

　　小英和大維等等出身自阿斯旺的恐龍都屬於奔龍屬，用敏捷來彌補力量上的不足。

　　在中東地區有兩條河，幼發拉底河和底格里斯河，兩河之間
有一大塊平原，曾經孕育出高度的文明。但當小英和小勇告別希臘，
繼續向著東邊出發到達兩河流域後，卻發現那裡荒蕪一片，無論文
明還是當地的恐龍，都被一個叫「大洪水」的災難清洗殆盡。接下
來，小英和小勇就要解開這場「大洪水」的謎團。

2020年　夏季出版 •

燃燒吧！

香港重機

繪本小說

洛斯和夢妮兩兄妹，因為搬屋而認識到一位新朋友——人人！
人人雖喚作人人，但「他」居然是一輛貨車？

人生是一場歷險，過程中最好玩最溫情的一環，是——**結集同伴！！**

在危亡多事之秋
唯有互助自救！

原創‧繪畫：葉偉青 ◉ 創作‧文字：余兒、一樹

20 × 20CM特大SIZE，全書厚達160頁，穿線精印！

每冊 $88

3月中旬，武裝作戰！

vol.4 - 5　經已出版

故事簡介

魔法世界的版圖似乎愈來愈大了啊！
除了西方學園和東方學園、狼牙山谷和吸血鬼黑暗古堡外，
原來海洋中尚有一個神秘又美麗的島嶼，喚作海洋之都。
那裡住著水生妖魔，他們就讀的學校名為水都學園，
下學期魔幻學園將有從那裡而來的轉校生呢！

天生擁有金黃魔力的第三人出現了！
繼迦南和九尾狐公主四葉之外，
海洋之都的公主愛莉，亦是拯救魔界樹的重要角色！
酷哥吸血鬼安德魯，一抵達海洋世界，就英雄救美，
結識了這位嬌滴滴的人魚公主，二人會擦出什麼火花？

輕鬆愉快的夏日水上樂園遊玩之旅，
居然會遇上突如其來的海盜團來襲?！
傳說中人魚的歌聲具有特殊魔力，能迷惑也能治癒人心，
想不到，最後破解攻擊的關鍵，也是它……？

作者	卡特
繪畫	Cocktail
策劃	YUYI
編輯	小尾
設計	siuhung
製作	知識館叢書
出版	創造館
	CREATION CABIN LTD.
	荃灣沙咀道 11 至 19 號達貿中心 2 樓 201 室
電話	3158 0918
發行	泛華發行代理有限公司
	香港新界將軍澳工業邨駿昌街七號二樓
印刷	高科技印刷集團有限公司
出版日期	2020 年 3 月
ISBN	978-988-79843-7-5
定價	$68
聯絡人	creationcabinhk@gmail.com